Comentarios de
Mary Pope Osborne, autora de la colección
"La casa del árbol":

No leía tanto hasta que conocí la serie de "La casa del árbol". Con tus libros, comencé a leer de verdad. Cada día leo más y más. Sigue escribiendo y seguiré leyendo. —Seth L.

¡La primera vez que tuve uno de tus libros en las manos, no pude dejarlo hasta llegar a la última hoja! Adoro esta colección. —Liza L.

Me divierten mucho tus libros de "La casa del árbol". Hoy tuve que escribir acerca de tres personas a quienes me gustaría invitar a cenar. Los elegidos son Thomas Jefferson, Nicolas Cage y… adivina quién: Mary Pope Osborne. —Will B.

He leído todos los libros que has escrito. Los amo tanto que si dejaras de escribir me volvería loca. —Stephanie Z.

Cada vez que empiezo uno de tus libros, siempre lo leo de un tirón. Con tus aventuras siento que estoy en los lugares que Annie y Jack visitaron. Cada libro me enseña muchas cosas y hechos muy interesantes. ¡Esta colección es la mejor de todas! —Eliza D.

¡Los padres y los maestros también aman los libros de "La casa del árbol"!

¡Soy madre de cuatro niños pequeños que disfrutan a plenitud de las aventuras de Annie y Jack! Regalamos tus libros en Navidad y para los cumpleaños de amigos y primos de mis hijos. Éste es el mejor presente para los niños y sus padres. —C. Anders

En una oportunidad, oímos a los niños hablando sobre "sus amigos favoritos" de la escuela. Más tarde llegamos a la conclusión de que aquellos amigos eran nada más y nada menos que "Annie y Jack". Esos niños se han convertido en devotos admiradores de tus libros. Como padres, es muy inspirador ver a nuestros hijos tan concentrados en la lectura.
—M. Knepper y P. Contessa

La biblioteca de nuestra escuela pronto tendrá una nueva adquisición, algo con lo que he soñado por mucho tiempo: una pequeña casa de madera, acompañada por la pintura de un árbol enmarcado en un bonito mural. Es maravilloso ver la disposición y el entusiasmo que todos tienen por leer tus libros. —R. Locke.

Debido a que estamos trabajando con la unidad del sistema solar se me ocurrió elegir el libro "Medianoche en la luna", el volumen #8 de la serie. Para mi deleite, esta lectura resultó ser la cosa más exitosa que he hecho en todo el año.
—M. Mishkin

Gracias por crear una serie de libros para niños que es apasionante, entretenida y, a la vez, llena de información. —L. Shlansky

A mi hija le encanta que le lea las aventuras de "La casa del árbol". ¡Ha llegado a dormirse con uno de tus libros debajo de la almohada!
—E. Becker

¡Qué maravillosa serie has creado! Es tan completa que he decidido desarrollar un programa de lectura para mis alumnos más avanzados, para que trabajen con tus libros. Los resultados han sido increíbles. —L. Carpenter

El equilibrio entre un tema complejo y un texto sencillo es muy difícil de hallar. ¡Gracias por haberlo hecho tan bien! —A. Doolittle

Queridos lectores,

Un día de mucha nieve, en la ciudad de Connecticut tuve el deseo de escapar a una isla soleada. Como estaba muy ocupada para tomar vacaciones, me fui de viaje imaginario. Así es como empecé a trabajar en este libro.

En mi investigación me enteré de que las islas de Hawái son aún más bonitas de lo que había pensado. Se originaron como volcanes que salieron del mar. Durante millones de años, los pájaros y el viento fueron diseminando semillas sobre las enormes masas de roca. El clima perfecto del Pacífico favoreció el crecimiento de árboles, flores, insectos y de la vida salvaje. La gente que descubrió las islas se maravilló ante tanta belleza natural.

Ésta es la razón por la que adoro ser escritora. Con mi imaginación, puedo ir a cualquier lugar que desee. Puedo escaparme del clima frío y transportarme a una isla lejana para respirar su dulce aire fresco. Dondequiera que te encuentres ahora, cualquiera sea la estación del año, espero que tú también puedas viajar a Hawái con tu imaginación.

¡Aloha!

LA CASA DEL ÁRBOL #28

Maremoto en Hawái

Mary Pope Osborne

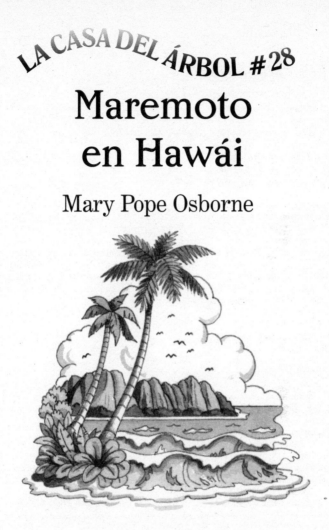

Ilustrado por Sal Murdocca
Traducido por Marcela Brovelli

LECTORUM
PUBLICATIONS, INC.
205 Chubb Avenue • Lyndhurst, NJ 07071

Para Mel y Dana

MAREMOTO EN HAWÁI

Spanish translation©2014 by Lectorum Publications, Inc.
Originally published in English under the title
HIGH TIDE IN HAWAII
Text copyright©2002 by Mary Pope Osborne
Illustrations copyright ©2002 by Sal Murdocca

ISBN 978-1-933032-95-5
Printed in the U.S.A
10 9 8 7 6 5 4 3 2 1

Library of Congress Cataloging-in-Publication Data
Osborne, Mary Pope.
  [High Tide in Hawaii. Spanish]
  Maremoto en Hawái / por Mary Pope Osborne ; ilustrado por Sal Murdocca ; traducido por Marcela Brovelli.
  pages cm. -- (La casa del árbol ; #28)
  Originally published in English by Random House in 2003 under the title: High Tide
in Hawaii.
  Summary: Jack and Annie travel in their Magic Tree House back to a Hawaiian island
of long ago where they make friends, learn how to surf, and encounter a tsunami.
  ISBN 978-1-933032-95-5
  [1. Hawaii--History--Fiction. 2. Time travel--Fiction. 3. Magic--Fiction. 4. Brothers
and sisters--Fiction. 5. Tree houses--Fiction. 6. Spanish language materials.] I. Murdocca, Sal, illustrator. II. Brovelli, Marcela, translator. III. Title.
  PZ73.O7477 2014
  [Fic]--dc23
                              2014004680

ÍNDICE

Prólogo

Un día de verano, en el bosque de Frog Creek, Pensilvania, apareció una misteriosa casa de madera en la copa de un árbol.

Jack, un niño de ocho años, y Annie, su hermana de siete, subieron a la pequeña casa. Cuando entraron se encontraron con un montón de libros.

Muy pronto, Annie y Jack descubrieron que la casa era mágica. En ella podían viajar a cualquier lugar. Sólo tenían que señalar el lugar en uno de los libros y pedir el deseo de llegar hasta allí. Mientras viajan, el tiempo se detiene en Frog Creek.

Con el tiempo, Annie y Jack descubren que la casa del árbol pertenece a Morgana le Fay, una bibliotecaria encantada de Camelot, el antiguo reino del Rey Arturo. Morgana viaja a través del tiempo y el espacio en busca de libros.

En los libros #5 al 8 de *La casa del árbol*, Annie y Jack ayudan a Morgana a liberarse de un hechizo. En los libros #9 al 12, resuelven cuatro antiguos acertijos y se convierten en Maestros Bibliotecarios.

En los libros #13 al 16, Annie y Jack rescatan cuatro historias antiguas antes de que se pierdan para siempre.

En los libros #17 al 20, Annie y Jack liberan de un hechizo a un pequeño y misterioso perro.

En los libros #21 al 24, Annie y Jack se encuentran con un nuevo desafío. Deben encontrar cuatro escritos especiales para que Morgana pueda salvar el reino de Camelot.

En los libros #25 al 28, Annie y Jack viajan en busca de cuatro tipos de magia especiales.

1

¿Una barca?

Annie y Jack estaban sentados en el porche de su casa. Annie leía un libro sobre los peregrinos. Jack leía otro libro sobre gorilas.

De pronto, Annie alzó la vista y contempló la puesta de sol.

—¡Eh, creo que…! —exclamó.

Jack la miró.

—*¡Ya volvió!* —dijo Annie poniéndose de pie de un salto.

—Oh, cielos —dijo Jack. Él sabía muy bien a qué se refería su hermana.

Annie podía predecir el regreso de la casa mágica del árbol.

Jack cerró su libro y se puso de pie.

—¡Nos vamos al bosque! —dijo a través de la puerta de red para mosquitos—. ¡Tenemos que ir a chequear algo!

—¡Regresen antes de que oscurezca! —dijo su madre.

—¡Así lo haremos! —respondió Jack.

Sin perder tiempo, agarró su mochila. Luego, él y Annie atravesaron el jardín de la entrada. Al llegar a la acera, los dos salieron corriendo calle arriba hacia el bosque de Frog Creek.

Bajo el último rayo de luz, avanzaron presurosos por entre los árboles, hasta que, por fin, se toparon con el roble más alto. Ambos miraron hacia arriba, conteniendo la respiración.

La casa mágica del árbol *había regresado*.

—Acertaste otra vez —dijo Jack.

—¡Gracias! —agregó Annie.

Se agarró de la escalera colgante y empezó a subir. Jack siguió a su hermana. Adentro, casi no se podía ver nada. La madera de la casa, caliente por el sol, olía a verano.

—¿Qué clase de magia especial iremos a buscar esta vez? —preguntó Jack.

Él y Annie miraron a su alrededor. Allí estaban los rollos de pergamino del teatro de Shakespeare, la rama de los gorilas de la montaña y la bolsa con semillas de maíz del primer día de Acción de Gracias.

—¡Allí! —exclamó Annie, señalando un libro que estaba en un rincón. Un trozo de papel sobresalía de entre las hojas.

Jack agarró el libro. Luego, sacó el trozo de papel y leyó lo que decía:

Queridos Annie y Jack:

Les deseo buena suerte en su cuarto viaje en busca de la magia especial. Esta rima secreta los ayudará:

Para encontrar una magia especial,
construye una barca singular
que surque todas las olas,
las altas y bajas,
en todos tus viajes por el mar.

Muchas gracias,

Morgana

Jack miró a su hermana.

—¿Una barca? —dijo intrigado.

—Sí, creo que tenemos que construir una. ¿Pero dónde iremos para hacerla? —preguntó Annie.

Los dos miraron la tapa del libro. En ésta se veían palmeras, una playa y un bonito océano. El título decía:

VISITA A HAWÁI ANTIGUO

—¡Oh, uau! —exclamó Annie—. *¡Adoro* Hawái!

—¿Cómo sabes que lo adoras? —preguntó Jack—. Jamás hemos ido.

—¡Pero iremos ahora! —respondió Annie, señalando la tapa del libro—. ¡Deseamos ir a este lugar! —exclamó.

El viento empezó a soplar.

La casa del árbol comenzó a girar.

Más y más rápido cada vez.

Después, todo quedó en silencio.

Un silencio absoluto.

2

¡Aloha!

Jack abrió los ojos. Una brisa suave le acarició la piel. El aire se sentía fresco y dulce.

Annie se asomó a la ventana.

—¡Qué bonito lugar! —exclamó.

Jack se acercó a ella. La casa del árbol había aterrizado en la copa de una palmera muy alta, sobre una pradera cubierta de flores.

A un costado de la pradera había un acantilado que descendía sobre la playa. Desde la pequeña casa, Annie y Jack podían ver el océano. Del otro lado de la pradera se veían los techos de las chozas de una pequeña aldea.

Más allá de la aldea, había montañas altas y grises. Las nubes cubrían los picos por completo. Por sus laderas bajaban cascadas.

—¡Te lo *dije*, adoro Hawái! —exclamó Annie—. Y... ¿tú?

—Primero tengo que aprender un poco sobre el lugar —contestó Jack. Se acomodó los lentes y abrió el libro para investigar. Luego, comenzó a leer en voz alta:

Hawái es una cadena de islas ubicadas en el océano Pacífico. La isla más grande es Hawái, y así se llama también todo el grupo de islas. Estas son de origen volcánico y existen hace millones de años. La erupción de los volcanes debajo del mar provocó cráteres que, con el tiempo, subieron a la superficie.

—¡Uau! —exclamó Annie—. Estamos en la cima de un volcán.

—¡Sí! —agregó Jack. Y continuó leyendo:

La roca volcánica al pulverizarse dio origen a la tierra. Durante millones de años, el viento y los pájaros diseminaron semillas sobre las islas. Así, los árboles y las plantas empezaron a crecer. Y los pájaros y los insectos comenzaron a hacer sus nidos.

—Genial —dijo Jack. Sacó el lápiz y el cuaderno y tomó nota:

El viento y los pájaros trajeron semillas.

Y siguió leyendo un poco más:

Alrededor de dos mil años atrás, los primeros pobladores llegaron a Hawái desde otras islas del Pacífico, navegando en canoa por miles de kilómetros, tomando como guía al viento y las estrellas.

—Eh, escucha —dijo Annie.

Jack apartó el libro y miró a su hermana. El sonido de risas y de música flotaba en la brisa.

—Debe de haber una fiesta en aquella aldea —dijo Annie—. Vamos para allá.

—¿No tenemos que construir la barca? —preguntó Jack.

—Lo podemos hacer después —respondió Annie—. Vamos a conocer a la gente de la fiesta. Tal vez ellos puedan ayudarnos.

Y comenzó a bajar por la escalera colgante.

De repente, Jack oyó una fuerte carcajada en la distancia. *"Parece que en esa fiesta hay diversión"*, pensó.

Guardó sus cosas y siguió a su hermana.

El sol estaba por ocultarse. Los dos avanzaron por la pradera rumbo a la aldea.

—¡Oh, cielos! —exclamó Jack.

Allí había belleza en todas las cosas. Flores de color violeta con forma de campana. Flores blancas que parecían estrellas. Helechos altos y suaves. Plantas con hojas en punta. Mariposas de color negro y anaranjado. Y pequeños pájaros amarillos.

Cuando se acercaron a la aldea un poco más, Annie y Jack vieron un área abierta, llena de gente. Silenciosamente, se escondieron detrás de una palmera. Y desde allí espiaron lo que sucedía en la fiesta.

Se veían alrededor de cincuenta personas, entre ellas, adultos, adolescentes y niños pequeños. Todos estaban descalzos y llevaban puestos collares de flores.

Una mujer cantaba. Su voz subía y bajaba como las olas del mar. La canción hacía alusión a una diosa llamada Pele, la diosa del volcán.

Mientras ella cantaba, otros la acompañaban con música. Algunos soplaban unos tubos aflautados. Otros agitaban unas calabazas que sonaban como sonajas. Y otros hacían repiquetear palillos.

La mayoría de los aldeanos bailaba al son de la música, dando pequeños pasos de un lado al otro, balanceando las caderas y agitando las manos también.

—Están bailando hula-hula —susurró Annie, sonriendo y agitando las manos también.

—No te entusiasmes demasiado —dijo Jack en voz muy baja.

Sacó el libro de la mochila y al encontrar un dibujo de bailarines de hula-hula, se puso a leer:

Los primeros pobladores de Hawái no tenían lengua escrita. Ellos contaban historias bailando hula-hula. Esta danza era una combinación de movimientos y canto poético.

Jack sacó su cuaderno y comenzó a hacer una lista sobre los antiguos pobladores hawaianos:

No tenían lengua escrita.

Contaban historias bailando hula-hula.

De pronto, Jack oyó aplausos y una risa estridente. Cuando alzó la vista... ¡su hermana ya no estaba!

Miró desde su escondite y vio a Annie ¡bailando hula-hula con los aldeanos!

Pero ninguno de ellos parecía sorprendido. Todo el mundo le sonreía a Annie y seguían bailando al compás de la música.

De pronto, una niña divisó a Jack. Aparentaba ser de la misma edad de Annie. Tenía el cabello largo, negro y brillante. Y una sonrisa amigable.

—¡Ven a bailar el hula-hula! —le dijo la niña a Jack en voz alta.

—Ni en broma —contestó él suspirando.

Y volvió a esconderse detrás de la palmera.

Pero la niña se acercó bailando y agarró a Jack de la mano.

—¡Ven con nosotros! —dijo.

—No, gracias —respondió él.

La niña no se dio por vencida y arrastró

a Jack hacia el centro de la gente. La música comenzó a sonar más fuerte. Los bailarines y los músicos le hacían señas y le sonreían.

Jack no se movía. No sabía bailar ningún ritmo. ¡Y mucho menos el hula-hula!

Se quedó allí, abrazado a la mochila y al cuaderno hasta que la música dejó de sonar.

Los hawaianos rodearon a Annie y Jack. Todos sonreían con mirada alegre y amistosa.

—¿Quiénes son ustedes?—preguntó la niña.

—Yo soy Annie. Y él es Jack, mi hermano—dijo Annie.

—Yo soy Kama. Y éste es Boka, mi hermano —La niña señaló a un niño que parecía de la misma edad de Jack.

El niño sonrió, se quitó el collar de flores coloradas y se lo puso a Annie.

—Un *lei* de bienvenida —dijo Boka.

Kama se quitó su guirnalda de flores y se la puso a Jack.

—¡*Aloha*, Annie y Jack! —dijeron todos.

3

Pueden quedarse a dormir

—*Aloha* —contestaron Annie y Jack.

—¿De dónde han venido? —preguntó una bella mujer.

—De Frog... —dijo Annie.

Pero Jack la interrumpió.

—Del otro lado de las montañas —agregó él rápidamente, señalando los picos que se veían en la distancia.

—Estamos contentos de que hayan venido a visitarnos —agregó la mujer.

Todos sonreían y decían que sí moviendo la cabeza.

"Todos son tan increíblemente amables", pensó Jack.

La música comenzó a sonar de nuevo. Cuando todos se pusieron a bailar, Kama agarró a Annie de la mano.

—Siéntate y habla con nosotros —dijo.

Ella y Boka se alejaron un poco con Annie y Jack. Los cuatro se sentaron de piernas cruzadas sobre el pasto. Kama agarró un cuenco de madera y lo puso en medio de ellos.

—Por favor, coman —dijo.

—¿Qué es esto? —preguntó Annie.

—Es *poi* —respondió Kama. Sacó un poco de la pasta del cuenco y se lamió los dedos.

—¿Lo comen con las manos? ¡Genial! —dijo Annie. Hundió los dedos en el cuenco y se sirvió un poco—. Mmmm... ¡qué rico!

Jack también hundió los dedos en el cuenco. La pegajosa mezcla parecía mantequilla de maní. Pero cuando se lamió los dedos, notó un sabor extraño, dulce y amargo a la vez.

—Mmmm... —exclamó Jack, aunque con cara de desgano.

—A él no le gusta —le dijo Kama a Boka.

—No, no es eso. Es... —Jack trató de ser cortés —. Tiene un sabor interesante.

Kama y Boka se echaron a reír. Luego se sirvieron más *poi* con las manos y siguieron comiendo.

—¡Interesante! —dijeron los dos a la vez, muertos de risa. Annie y Jack también se echaron a reír.

—Ahora cuéntennos algo sobre su hogar —agregó Kama—. El sitio que ustedes llaman Frog.

La tierna sonrisa de Kama inspiró a Jack a decir la verdad.

—El lugar se llama Frog Creek —contestó—. Queda muy lejos, mucho, mucho más allá de las montañas. Hemos llegado hasta aquí en una casa mágica.

Kama y Boka se quedaron mirando con los ojos desorbitados, pero con la sonrisa más grande que antes.

—¡Eso parece divertido! —dijo Kama.

—¡Ustedes son tan afortunados! —agregó Boka.

Annie y Jack se echaron a reír.

—Sí, lo somos —respondió Jack. Se sentía fantástico al contarles a sus nuevos amigos acerca de la casa del árbol. Él y su hermana nunca se lo habían dicho a nadie en Frog Creek.

—¿Pueden quedarse esta noche? —preguntó Kama.

—Seguro, podemos quedarnos hasta mañana —respondió Jack.

Kama se acercó corriendo a la bella mujer. Habló un momento con ella y luego volvió con Annie y Jack.

—Nuestra madre los invita a dormir en casa —dijo.

—Genial —contestó Annie—. Muchas gracias.

Ella y Jack se pusieron de pie. Los dos siguieron a Kama y a Boka por la aldea, bajo el crepúsculo gris. Todos avanzaron por entre las chozas pequeñas de techo empinado, hasta que Kama se detuvo delante de una de ellas.

—Esta es nuestra casa —dijo.

La choza no tenía puerta, sólo una entrada amplia que daba a una habitación grande.

Kama y Boka invitaron a Annie y a Jack a entrar en la pequeña casa.

Bajo la tenue luz, Jack miraba las paredes de hierba seca y las esterillas de hierba entretejida, ubicadas sobre el suelo sucio.

—¿Dónde nos vamos a acostar? —preguntó.

—¡Aquí! —respondió Boka.

Él y Kama se acostaron sobre las esterillas. Annie se quitó el collar de flores y los zapatos. Luego se acostó.

—Oh —exclamó Jack—. De acuerdo.

Se quitó los zapatos y la guirnalda de flores. Se acostó y usó su mochila como almohada. El viento cálido sacudía las hojas de las palmeras. Aún se podía oír la música de la fiesta.

—El océano está llamando —dijo Kama.

Jack oía el sonido de las olas, aunque muy a lo lejos.

—Mañana iremos a montar sobre las olas —dijo Boka.

—¿Quieres decir que haremos *surf?* —preguntó Annie.

—Sí —contestó Kama.

—Genial —dijo Jack. Aunque no estaba seguro de si lo decía de verdad. El *surf* parecía bastante peligroso.

—No te preocupes, será divertido —agregó Kama, como si hubiera leído el pensamiento de Jack.

—Claro que sí —dijo Annie.

Pronto, Jack comenzó a oír la típica respiración regular de la gente que duerme. Los demás se habían quedado dormidos.

"Oh, demonios, nos olvidamos de preguntarles acerca de la construcción de la barca", pensó. *"Me temo que tendremos que hacerlo mañana..."*.

Jack cerró los ojos y bostezó. Muy pronto, él también se quedó dormido.

4

Jardín paradisíaco

Jack oyó un martilleo que venía de afuera. De pronto, imaginó que tal vez Boka y Kama estaban construyendo una barca.

Sólo él y Annie estaban en la choza. Una cortina de tela cubría la entrada. Jack se incorporó y sacudió a su hermana.

—¡Despierta! —dijo.

Annie abrió los ojos.

—Creo que están construyendo una barca —dijo Jack—. Vayamos a ver.

Annie se levantó de un salto.

—No olvides tu guirnalda —dijo.

Los dos se pusieron sus collares de flores. Luego, Jack levantó la cortina de la entrada y ambos salieron al cálido sol.

Boka, Kama y sus parientes sonrieron al verlos. Todos estaban trabajando, pero nadie estaba construyendo una barca.

Boka estaba machacando un trozo de corteza con un pequeño palo de madera. Kama usaba una piedra para aplastar algo que se veía como una patata. Sus padres estaban hilando esterillas con hierba seca.

—¿Qué están haciendo? —preguntó Jack.

—Estoy haciendo una *tapa* —respondió Boka—. Primero debo aplastar la corteza del árbol de moras para hacer láminas finas. Luego mi padre las pega para hacer tela para nosotros.

—Esta es una raíz de *taro* —dijo Kama, señalando unos tubérculos blancos—. Después agregamos fruta y así es como obtenemos el *poi*.

—Genial —dijo Jack—. ¿Puedo hacerte
una pregunta? ¿Ustedes construyen barcas?

—¿Barcas? —preguntó Boka—. ¿Para qué?

—¿Para ir a navegar? —respondió Jack.

—¿Para qué tendríamos que hacerlo? —preguntó Kama.

—Buena pregunta —contestó Jack.

—¿Puedo ayudar? —Annie le preguntó a Kama.

—Sí, claro —respondió Kama. Mientras ella le mostraba a Annie cómo machacar la raíz de taro, Jack se marchó silenciosamente hacia la choza. Sacó el cuaderno y agregó más información hawaiana a su lista:

Tapa – corteza machacada para

hacer tela

Raíz de taro – machacada para

hacer poi

¿Barca? Sin novedades

Jack oyó que Kama les pedía permiso a sus padres para ir a jugar.

—Ya hemos terminado nuestras tareas —dijo ella—. ¿Podemos llevar a Annie y a Jack al océano?

—Para montarnos sobre las olas —dijo Boka.

Jack contuvo la respiración. Por un momento pensó que los padres de Boka dirían que no.

—Sí, vayan a divertirse con sus amigos —respondió el padre de los niños.

—¡Vayamos con ellos, Jack! —dijo Annie.

Jack guardó su cuaderno. Se colgó la mochila y se reunió con su hermana y los dos niños hawaianos.

—No tardaremos mucho —dijo Kama.

—¡No se olviden del desayuno! —agregó su madre.

—No te preocupes —respondió Kama.

"¿Dónde iremos a desayunar?", se preguntó Jack.

Él y Annie siguieron a Kama y a Boka. En el camino, encontraron a más aldeanos trabajando. Todos saludaban sonrientes.

—¿Tienen hambre? —les preguntó Kama a Annie y Jack.

—Sí, claro —contestaron los dos a la vez.

Kama y Boka se dirigieron a un bosquecillo cercano a su choza. Ambos treparon por los troncos oblicuos de dos palmeras y empezaron a sacudir las hojas.

—¡Cuidado! —gritó Kama.

Annie y Jack dieron un salto hacia atrás, cuando vieron que unos enormes cocos caían al suelo.

Kama y Boka bajaron de las palmeras. Cada uno recogió un coco y empezó a golpearlo sobre las rocas, hasta que los frutos se partieron en dos.

Kama compartió su coco con Annie. Boka compartió el suyo con Jack.

Jack bebió la fresca leche del coco.

—¡Mmmm! —exclamó.

—¿Interesante? —preguntó Boka.

—No. *¡Mmmm* significa *delicioso!* —explicó Jack.

Todos se echaron a reír.

Luego, Kama recogió algunos plátanos de un árbol de banano y convidó a sus amigos. Jack peló su plátano y le dio un mordisco. Jamás había comido una banana tan deliciosa.

Cuando terminaron de desayunar, los cuatro se dirigieron a la pradera. Jack jamás había contemplado un cielo de un azul tan intenso. Tampoco había visto un pasto tan verde como aquel. Allí, las flores y los pájaros resplandecían como piedras preciosas.

"Hawái es como un jardín paradisíaco", pensó Jack.

Quería abrir el libro para buscar dibujos sobre pájaros y flores. Mientras los demás se adelantaban, aprovechó para investigar.

—¡Jack! ¡Ven a ver esto! —gritó Annie, parada sobre el borde de un acantilado.

Jack apartó el libro y corrió hacia su hermana. Al llegar, contempló la playa, unos quince metros más abajo.

La costa estaba desierta. Sólo se veían caracolas y algas marinas sobre la arena blanca y brillante.

Las enormes olas chocaban con fuerza sobre la playa esparciendo su espuma.

—¡Increíble! —dijo Annie.

"¡Ay, ay, ay!", pensó Jack.

5

¡Ahora!

Boka miró a Jack y sonrió entusiasmado.

—¿Estás listo? —le preguntó.

—¡Yo estoy lista! —respondió Annie—. ¿Dónde están nuestras tablas de *surf*?

—Allí abajo —contestó Kama, señalando un sendero de piedras que llegaba a la playa.

—En marcha —agregó Annie.

Ella, Kama y Boka comenzaron a bajar por el sendero. Jack los seguía.

Cuando llegó a la playa, se quitó los zapatos y hundió los pies en la arena seca y cálida.

—Creo que un paseo por la playa no vendría mal —les dijo a los demás.

Pero ninguno le prestó atención. Ya habían llegado a la hilera de tablas de *surf*, apiladas contra las rocas.

Boka arrastró una de las tablas por la arena y se la dio a Jack.

—Ésta es para ti —le dijo.

Jack agarró la tabla y la miró. Era más alta que su padre.

—¿No es un poco *grande* para mí? —preguntó.

Boka sacudió la cabeza. Eligió otra tabla y se la dio a Annie. Luego, Kama agarró dos tablas más. Una para ella y otra para su hermano.

Jack respiró hondo.

—Primero me gustaría leer un poco sobre *surf* —dijo. Puso su tabla sobre la arena y sacó el libro para investigar.

—¿Qué es eso? —preguntó Kama.

—Es un libro —respondió Jack—. Trae información sobre muchas cosas.

—¿Y cómo habla? —preguntó Kama.

—No habla —explicó Annie—. Es para leerlo.

Kama se veía confundida.

—Jack, olvídate del libro ahora —dijo Annie—. Hagamos lo que nos piden Kama y Boka —Annie salió corriendo hacia el océano arrastrando su tabla.

Jack suspiró y guardó el libro. Dejó su mochila sobre la arena, levantó su tabla y siguió a los demás.

Todos se detuvieron en la orilla del mar.

—Primero tenemos que pasar las olas rompientes —dijo Kama—. Después les enseñaremos lo que sigue.

Poco a poco, los cuatro se metieron en el agua fría y poco profunda.

"Las olas no parecen tan grandes", pensó Jack esperanzado.

Pero a medida que avanzaban, éstas eran cada vez más grandes. Cuando la primera impactó sobre él, Jack alzó su tabla para apoyarse sobre la ola. Pero casi se cae.

Kama, Boka y Annie siguieron hacia adelante. Jack se quedó mirando una ola que crecía sobre ellos. Los tres arrojaron las tablas sobre la ola y se zambulleron en ella.

Jack continuó luchando por avanzar. Al llegar la ola siguiente, arrojó la tabla sobre ésta. Y, agarrándose los lentes con fuerza, agachó la cabeza.

Cuando volvió a ponerse de pie, se sacudió el agua de los ojos y los lentes. Luego, antes de que viniera otra ola, agarró rápidamente la tabla, que aún estaba cerca de él.

Así, siguió peleando por llegar mar adentro. Cuando logró pasar las olas rompientes, el agua ya le llegaba más arriba del pecho.

—¡Ahora nadaremos sobre la tabla para atrapar una ola grande! —dijo Boka.

—Pero... —comenzó a decir Jack.

—No te preocupes, Jack —dijo Kama—. ¡Será divertido!

Boka y Kama, con la panza sobre la tabla, empezaron a impulsarse con los brazos.

Annie y Jack se recostaron sobre sus tablas. Nadando sobre las olas mansas, Jack se sentía relajado. Así podía pasar el día entero.

—Cuando diga *ahora*, naden rápido hacia la playa —dijo Kama.

—¿Cuándo tendremos que ponernos de pie? —preguntó Annie.

—¡En cuanto empiecen a deslizarse hacia la playa! —explicó Boka—. Párense con un pie delante del otro. ¡Y extiendan los brazos hacia los costados para mantener el equilibrio!

—¡Pero no traten de pararse enseguida! —agregó Kama—. ¡Sólo mantengan la panza sobre la tabla!

—¡Ahí viene una ola! —dijo Boka.

—¡Esperen! ¡Esperen! —suplicó Jack. Todo estaba sucediendo demasiado rápido. Tenía muchas preguntas para hacer.

—¡*Ahora!* —gritó Kama.

Jack vio una ola enorme que crecía acercándose a ellos. Casi sin darse cuenta, Kama, Boka y Annie estaban nadando hacia la playa. Jack comenzó a nadar como un loco para poder seguirlos.

¡De repente, la ola lo levantó y lo deslizó hacia adelante! Jack comenzó a precipitarse en dirección a la playa a una velocidad

impresionante. A un costado de él, podía ver a Boka, a Kama y a Annie. ¡Todos de pie sobre sus tablas!

Jack quería hacer lo mismo que los demás. Se puso de rodillas, colocó el pie izquierdo adelante y ¡se paró sobre la tabla! Por un segundo sintió que volaba como un pájaro. Pero luego perdió el equilibrio.

Cayó al agua, agarrando a tiempo sus lentes. ¡La ola rompió justo sobre él! El agua le entró por la boca y la nariz. Su tabla y su guirnalda fueron arrastradas hacia la orilla. El agua arrastraba su cuerpo hacia todos lados. Cuando sacó la cabeza a la superficie, empezó a toser sin parar.

Otra gran ola impactó sobre Jack y él volvió a terminar debajo del agua. Al salir a la superficie, chapoteó hacia adelante, desesperado por alcanzar la orilla.

Una y otra vez, las olas golpeaban su cuerpo. Pero con cada una, Jack se levantaba y se lanzaba hacia adelante para alcanzar la orilla.

Finalmente, se arrastró fuera del agua. Lleno de magullones y cansado, se tiró sobre la arena.

6

Temblor

—¡Jaaack! —gritó Annie. Y corrió hacia su hermano—. ¿Estás bien?

Jack asintió con la cabeza y se colocó los lentes mojados. Se sentía tembloroso y enojado consigo mismo. *"Jamás debería haberme parado sobre la tabla"*, pensó.

Kama sacó la tabla de Jack del agua y se la devolvió.

—Te dije que no te pusieras de pie enseguida —dijo riendo—. Fue una caída muy brusca.

"A mí no me parece gracioso", pensó Jack. *"¡Casi me ahogo!"*.

—Lo mejor es volver enseguida —explicó Boka.

—Ve tú —contestó Jack. La nariz y los ojos le ardían por la sal del mar—. Yo me quedaré aquí —Agarró su mochila y sacó el libro para investigar.

—¡Ven, Jack! —dijo Annie—. ¡Inténtalo de nuevo! ¡Pero esta vez quédate boca abajo!

—No, primero voy a *leer* un poco sobre *surf* —contestó.

—¡Vamos, Jack, no es lo mismo intentar que *leer*! —dijo Annie.

Y corrió hacia su hermano para quitarle el libro. Pero Jack se lo arrancó de las manos. Al hacerlo, resbaló y quedó tendido sobre la arena.

Kama y Boka volvieron a echarse a reír.

—¿Y ustedes de qué se ríen? ¡Si ni siquiera saben leer! —agregó Jack, ofuscado.

Boka y Kama lucían ofendidos.

—¡Jack! —dijo Annie—. No seas cruel. Pide disculpas.

Jack abrió el libro y fingió leer. En *verdad*, tenía deseos de pedir perdón. Pero estaba tan enfadado que no podía hacerlo.

—Bien, quédate aquí —agregó Annie. Y les dijo a Kama y a Boka—. Ya vámonos.

Sentado sobre la arena, Jack espiaba por encima del libro, mientras los demás nadaban sobre sus tablas.

—A mí no me interesa —dijo entre dientes—. *Jamás* volveré a meterme en medio de esas olas.

"Morgana no nos envió aquí para que hiciéramos surf", pensó. *"Ella nos pidió que construyéramos una barca. ¿Pero cómo diablos vamos a hacerla?".*

Jack resopló enojado. Ahora estaba enojado con Morgana. Abrió el libro en el índice y buscó la palabra "barca".

De repente, debajo de la arena, oyó un ruido sordo. El suelo empezó a temblar.

¡Tanto que el libro se le cayó de las manos!

Jack empezó a rebotar sentado sobre el suelo. Las caracolas saltaban sobre la arena. Las rocas caían en picada por el acantilado.

"*¡Es un terremoto!*", pensó.

El temblor se detuvo.

Jack miró a su alrededor. Todo se veía tranquilo otra vez, excepto que algunas piedras continuaban saltando al pie del acantilado.

Luego, observó el mar. Kama, Boka y Annie habían pasado las olas rompientes. Estaban sentados sobre sus tablas, riendo y conversando.

Todo parecía estar bien. Pero Jack tenía la seguridad de que algo andaba mal. Levantó el libro de Hawái de la arena y buscó información acerca de los terremotos. Luego, comenzó a leer:

Se sabe que los terremotos en Hawái dan origen a los *tsunamis*.

Un terremoto puede poner en movimiento el agua del océano que, a medida que avanza, va cobrando cada vez más fuerza y altura. Justo antes del impacto del *tsunami*, el agua se repliega hacia atrás alejándose de la playa. Luego, ésta regresa en forma de ola gigante y choca contra el suelo arrasando con todo a su paso.

"¡Oh, cielos!", pensó Jack. *"¡Podría estar por venir un tsunami!"*.

7

¡Aférrense a la vida!

Jack necesitaba obtener más información sobre tsunamis. No había tiempo que perder. Tan pronto como pudo, buscó en su libro y comenzó a leer:

Un *tsunami* puede llegar a impactar unas horas o unos pocos minutos después de un terremoto. Todo depende de la potencia de éste último y del sitio en el que ocurra. Después de un terremoto, lo más seguro para los habitantes es buscar tierras altas.

"¡Tenemos que irnos a las tierras altas ahora mismo!", pensó Jack, dejando caer el libro al suelo.

Bajó corriendo hasta la orilla del océano.

Boka, Kama y Annie nadaban sobre sus tablas más allá de las olas. Jack ya había olvidado la pelea.

—¡Eh, chicos! —gritó.

Pero no lo oían.

Jack se metió en el agua.

—¡Eh, regresen!

Aún seguían sin oírlo.

Jack corrió a buscar su tabla y regresó al océano. Luego de luchar contra las olas rompientes, se acostó sobre su tabla y comenzó a nadar con todas sus fuerzas.

Las olas eran cada vez más grandes. Casi no podía ver a Annie, a Kama y a Boka. Pero siguió esforzándose para alcanzarlos.

—¡Eh, chicos! —gritó.

Boka se dio vuelta y miró a Jack. Lo saludó moviendo el brazo amistosamente, y volvió a concentrarse en las olas.

"*¡Tengo que lograr que vengan hacia mí!*", pensó Jack desesperado.

—¡Socorro! ¡Auxilio! —gritó, con toda la potencia de sus pulmones.

Los tres niños se dieron vuelta de golpe. Rápidamente, nadaron sobre sus tablas hacia Jack. Se veían preocupados.

—¿Qué sucede? —gritó Annie, al acercarse—. ¿Tienes algún problema?

—*Todos* estamos en problemas —respondió Jack—. ¡Podría venir un tsunami! ¡Recién hubo un temblor en la playa!

—¡Va a ser mejor que nademos hacia la orilla! —dijo Boka.

—¡Quédense acostados sobre la tabla! —agregó Kama—. Es más seguro.

—¡Ahí viene la ola! —gritó Boka.

Todos empezaron a nadar moviendo los brazos con fuerza.

Luego, los cuatro ascendieron con la crecida de la ola y se deslizaron con ella hacia la playa.

Jack se agarró fuerte de los bordes de su tabla. De pronto, a medida que la ola rompía, sintió que el agua lo arrojaba hacia abajo. ¡Se sentía en una montaña rusa! Pero se mantuvo firme sobre su tabla hasta llegar a la orilla.

Avanzó por el agua poco profunda. Luego, agarró su tabla y corrió hacia la arena. Boka y Kama estaban esperando.

—¡Bien hecho, Jack! —exclamó Boka.

—¿Dónde está Annie? —preguntó él.

Boka señaló hacia el agua. Annie se acercaba a la orilla, arrastrando su tabla. Mientras todos la miraban, algo extraño comenzó a suceder en el océano.

El agua empezó a retirarse.

8

Ola gigante

—¡Corre, Annie! —gritó Jack.

El agua se había alejado por completo de la playa. Un silbido venía desde el océano.

¡De pronto, los peces comenzaron a caer sobre la arena!

Annie soltó su tabla y empezó a correr. Cuando alcanzó a Jack y a los dos niños hawaianos, todos huyeron agarrados de la mano en dirección al acantilado.

Boka y Kama subieron por el sendero del peñasco. Annie y Jack se detuvieron para agarrar sus zapatos y la mochila de Jack. Luego, también subieron por el sendero.

Ya en la cima del acantilado, todos se quedaron mirando hacia la playa. ¡Jack no podía creer lo que veía!

Una gran ola se elevaba como una oscura

montaña de agua. La ola siguió ganando
altura a medida que avanzaba sobre la playa.

—*Uauuu* —susurró Annie.

—¡Hacia atrás, rápido! —gritó Boka.

Los cuatro se alejaron corriendo del borde de la ladera rocosa. La ola gigante impactó sobre el acantilado, bañando las rocas.

Cuando el agua empezó a retroceder, los cuatro se apresuraron por llegar al borde del peñasco. Querían ver qué había sucedido en la playa.

El sendero del acantilado había desaparecido. En tanto la ola gigante volvía al océano, con ella arrastraba rocas, arena, caracolas y tablas de *surf*.

—¡Qué susto! —exclamó Annie, casi sin aire.

—Sí —agregó Jack— Casi nos atrapa.

—¡Boka! ¡Kama! —gritó alguien.

Annie y Jack se dieron vuelta. Los padres de los niños hawaianos se acercaban a toda prisa por la pradera. Más aldeanos los seguían.

Kama y Boka corrieron a los brazos de sus padres. En un momento, Annie y Jack quedaron rodeados por los aldeanos. Todos reían, lloraban y se abrazaban.

Jack abrazó a su hermana. Luego, abrazó a Kama y a Boka y también a los padres de los niños. Y a muchas otras personas que ni siquiera conocía.

9

Contar la historia

Finalmente, los sollozos, besos y abrazos fueron cesando. Poco a poco, los aldeanos comenzaron a marcharse a sus chozas.

Annie y Jack siguieron a Boka, Kama y a los padres de los dos niños.

—Sentimos que el suelo temblaba —dijo el padre de Boka y Kama—. ¡Sabíamos que seguramente vendría una ola gigante!

—¡Jack nos salvó la vida! —agregó Boka—. En un libro leyó lo que pasaría.

—¿Un libro? ¿Eso qué es? —preguntó la madre de los niños hawaianos.

—Muéstraselo, Jack —dijo Annie.

Jack buscó en la mochila y sacó su libro.

—Aquí leí sobre las olas gigantes —explicó Jack—. Los libros traen mucha información.

—Ah —exclamó la madre de Boka y Kama—. Un libro es algo bueno.

—Los libros también cuentan historias —agregó Annie.

—Eso es imposible —dijo Kama—. Un libro no puede mover las manos ni los pies. Y tampoco puede cantar.

—Eso es verdad —agregó Jack con una sonrisa.

—Ahora deberíamos bailar el hula-hula —dijo Boka—. Y contar nuestra historia.

—Yo me quedaré mirándolos —anotó Jack apartándose.

El padre de los niños hawaianos pidió que comenzara la música.

Boka, Kama y Annie balanceaban las manos al son de la música, moviéndose de un lado al otro y meneando las caderas.

En su canto, Kama hablaba de internarse mar adentro. Ella, Boka y Annie agitaban las manos como si estuviesen nadando sobre sus tablas de *surf*.

Luego, Kama siguió cantando. Boka y Annie daban brazadas al ritmo de la música, recreando la forma en que habían nadado hacia la playa.

Luego, Jack se sorprendió de sí mismo. Sin darse cuenta, alzó las manos para mostrar cómo iba deslizándose por el agua con su tabla, volando como un pájaro. Fue moviendo los pies de un lado al otro, junto con la cadera. ¡Jack estaba bailando hula-hula!

Kama continuó cantando acerca de cómo el agua se había alejado de la playa. Cómo ellos habían podido encontrar refugio. Y cómo la ola gigante había chocado con fuerza contra el acantilado.

Mientras Kama cantaba, todos los aldeanos se unieron a la danza. Los altos pastizales
se mecían de un lado al otro. Las palmeras se
balanceaban con la brisa. Nadie quedó sin
bailar la danza del hula-hula.

Cuando la historia concluyó, todos aplaudieron.

—Gracias por ayudarnos —les dijo Boka a Annie y a Jack.

—Hemos formado un buen equipo —agregó Annie.

—Ustedes son buenos amigos —dijo Kama.

—Sí —exclamó Jack—. Y... lamento haber dicho cosas tan crueles.

—Nosotros lamentamos habernos reído de ti —dijo Boka.

—Y yo lamento haberle quitado el libro a Jack —agregó Annie.

—Nuestra madre dice que la amistad es como deslizarse sobre las olas —comentó Kama—. A veces las olas son bajas y suaves. Otras, altas y bruscas.

Annie, sorprendida y agitada, miró a Jack. Había recordado la rima de Morgana:

Para encontrar una magia especial,

construye una barca singular
que surque todas las olas,
las altas y bajas,
en todos tus viajes por el mar.

—*¡Amistad!* ¡Ésa era la barca simbólica que teníamos que construir! —explicó Jack.

—¡Ahora entiendo! —agregó Annie—. ¡La amistad se construye! A veces hay momentos dulces y también duros, como las olas bajas y altas.

Ella y su hermano se echaron a reír.

Boka y Kama se quedaron mirándolos, confundidos, pero también se reían con ellos.

—Ahora tenemos que regresar a nuestra casa —les dijo Annie a Boka y a Kama.

—Es hora de decir adiós —agregó Jack.

—Nosotros nunca decimos adiós —explicó Kama—. Decimos *aloha* para recibir a nuestros amigos. Y, también, para despedirlos cuando se marchan.

—Los amigos siempre están juntos —agregó Boka—. Incluso si están lejos.

—Que tengan buen viaje en su casa mágica del árbol —dijo Kama.

—Gracias —contestaron Annie y Jack, a la vez. Y saludaron a los aldeanos—. ¡Aloha!

—*¡Aloha!* —repitió todo el mundo.

Annie y Jack se alejaron caminando por la pradera.

Al llegar al bosquecillo de palmeras, junto a la pradera, los dos subieron por la escalera de soga. Y entraron en la casa del árbol.

Jack se asomó a la ventana y contempló las altas montañas, la pequeña aldea, la pradera llena de flores y el océano. El agua se veía serena otra vez.

—Aún tengo mi guirnalda de flores —dijo Annie, quitándosela.

Aunque las flores rojas estaban húmedas, todavía conservaban su textura mullida.

—Ésta es la prueba de que encontramos la magia especial —comentó Jack—. La magia de la amistad.

Annie puso la guirnalda en el suelo, junto a los rollos de pergamino, la rama y las semillas de maíz. Después, agarró el libro de Pensilvania.

—¿Estás listo? —le preguntó a su hermano.

—Adoro Hawái —exclamó Jack.

—*Por fin* lo reconoces —agregó Annie. Y señaló el dibujo del bosque de Frog Creek—. Deseamos volver a casa.

El viento comenzó a soplar.

La casa del árbol empezó a girar.

Más y más rápido cada vez.

Después, todo quedó en silencio.

Un silencio absoluto.

10

Magia cotidiana

Jack abrió los ojos.

El sol comenzaba a ocultarse detrás del bosque. En Frog Creek, el tiempo no había pasado.

—Bienvenidos —susurró una dulce voz.

Morgana le Fay estaba en la casa mágica del árbol.

—¡Morgana! —exclamó Annie. Emocionada, abrazó a la hechicera.

Jack también abrazó a Morgana.

—¡Mira! —exclamó Annie—. ¡Aquí están las pruebas de que encontramos los cuatro tipos de magia especiales!

—Sí, ya veo —respondió la hechicera.

Morgana levantó los rollos de pergamino que Shakespeare les había dado a Annie y a Jack en la vieja Inglaterra.

—Han encontrado *la magia del teatro* —dijo.

Y levantó la rama de los gorilas de la montaña, de la selva nublada africana.

—*La magia de los animales* —agregó la hechicera.

Luego, agarró la pequeña bolsa con semillas de maíz. La que Annie y Jack habían traído del primer día de Acción de Gracias.

—*La magia de la comunidad* —comentó.

Finalmente, Morgana levantó la guirnalda de flores obsequiada por Boka y Kama.

—Y, por último, hallaron *la magia de la amistad* —dijo.

La hechicera miró a Annie y a Jack.

—Escuchen atentamente lo que voy a decirles —agregó.

—¡Sí! —exclamaron Annie y Jack, dando un paso adelante.

—Los declaro Maestros en Magia Cotidiana —proclamó Morgana—. Han aprendido a encontrar magia en las cosas simples de todos los días. Existen muchas formas de ver magia en el día a día. No es necesario buscar demasiado para hallarla. Sólo hay que vivir la vida a plenitud.

Annie y Jack asintieron con la cabeza.

—Pronto serán convocados para hacer uso del conocimiento en Magia Cotidiana en el reino de la fantasía —explicó la hechicera.

—¿El reino de la fantasía? —preguntó Jack.

—¿Vamos a volver a Camelot? —preguntó Annie.

Antes de que Morgana respondiera, se oyó un grito a lo lejos.

—¡Annie! ¡Jack!

—Mamá y papá nos están llamando —dijo Annie.

—Ahora deben marcharse a su casa —agregó Morgana, con tono suave—. Descansen y prepárense para poner a prueba sus poderes. Sus desafíos más emocionantes aún están por venir.

—Adiós, Morgana —dijeron Annie y Jack a la vez. Y abrazaron a la hechicera. Luego, Jack le dio a Morgana el libro de Hawái, y siguió a su hermana por la escalera.

Cuando llegaron al suelo oyeron un fuerte estruendo que venía de más arriba. Un remolino de luz muy brillante encendió el techo de la pequeña casa de madera.

Luego, la luz se esfumó. La casa del árbol

se había ido. Y también Morgana le Fay.

—¿Nuestros desafíos más emocionantes aún están por venir? —preguntó Jack—. ¿Qué crees que quiso decir Morgana?

—No lo sé —contestó Annie.

—Me da un poco de miedo —agregó Jack.

—No te preocupes. Nosotros podremos enfrentarlo. No olvides que somos Maestros en Magia Cotidiana —dijo Annie, con una sonrisa en los labios.

—Sí. Supongo que lo somos —agregó Jack, sonriendo también.

Los dos salieron del bosque. Muy cerca, sus padres esperaban en el porche de la casa. Al ver a sus hijos, ambos agitaron la mano.

Jack sintió una explosión de felicidad. *"También hay otro tipo de magia cotidiana"*, pensó, *"la magia de la familia"*.

La mejor de todas.

MÁS INFORMACIÓN
PARA TI Y PARA JACK

El fenómeno *tsunami* se produce como resultado de un terremoto en el mar y no se puede confundir con las grandes olas producidas por huracanes.

El sistema de alerta de tsunamis del océano Pacífico es el encargado de advertir a la población, mediante sirenas y avisos en radio y televisión, acerca de sismos u otras alteraciones originadas en el mar. De esta manera, se informa a la gente acerca de la necesidad de permanecer en terrenos altos, lejos de las playas.

Cuando los primeros pobladores de la Polinesia llegaron a las islas de Hawái, hace 1500 años, trajeron la costumbre de deslizarse sobre las olas con tablas de madera, hoy conocidas como tablas de *surf*.

Según cuenta una antigua leyenda hawaiana, la danza del hula-hula nació cuando Pele, diosa de los volcanes, le dijo a su hermana menor, Laka, que se pusiera a bailar. Hoy en día, Laka es considerada diosa de la canción y la danza, y patrona de los bailarines de hula-hula. En la actualidad, esta danza se practica en muchas otras culturas.

Por la ubicación aislada de Hawái, muchas de sus plantas, pájaros e insectos no existen en ningún otro lugar del mundo. Lamentablemente, muchos de ellos integran la lista de especies en peligro de extinción de los Estados Unidos.

CRONOLOGÍA HAWAIANA

Hace millones de años, los volcanes del océano Pacífico dieron origen a las islas de Hawái.

Alrededor de 1500 años atrás, habitantes de la Polinesia llegaron a Hawái. Estos pobladores fueron los primeros en descubrir estas islas, luego de viajar casi 5000 kilómetros en canoas de madera, desde diferentes islas del Pacífico.

En el año 1778, el capitán inglés James Cook realizó la primera visita europea a las islas de la que se tiene registro.

En agosto de 1959, Hawái se convirtió en el estado número cincuenta de los Estados Unidos.

Hoy, más de seis millones de turistas de todo el mundo visitan las islas cada año.

Información acerca de la autora

Mary Pope Osborne es autora de muchas novelas, libros de cuentos, historias en serie y libros de no ficción. Su serie *La casa del árbol*, número uno en la lista de los más vendidos del *New York Times*, ha sido traducida a numerosos idiomas en todo el mundo. La autora vive en el noroeste de Connecticut con su esposo Will Osborne (autor de *La casa del árbol: El musical*) y con sus tres perros. La señora Osborne también es coautora de la serie Magic Tree House® Fact Trackers junto con su esposo y Natalie Pope Boyce, su hermana.

Annie y Jack llegan a Inglaterra donde
conocen muy de cerca a la reina Elizabeth I
y al famoso William Shakespeare.

LA CASA DEL ÁRBOL #25

Miedo escénico en una noche de verano

Annie y Jack viajan a las montañas
nubladas de África, donde se encuentran
con sorprendentes y aterradores gorilas.

LA CASA DEL ÁRBOL ®#26

Buenos días, gorilas

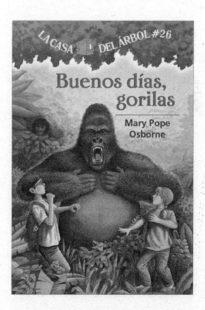

Annie y Jack se transportan al año 1621 y
celebran junto con los peregrinos el primer día
de Acción de Gracias con un gran banquete.

LA CASA DEL ÁRBOL #27

Jueves de Acción
de Gracias

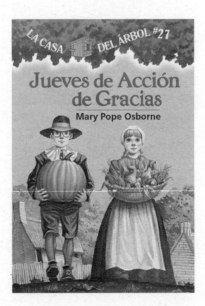

¿Quieres saber adónde puedes viajar en la casa del árbol?

La casa del árbol #1
Dinosaurios al atardecer

Annie y Jack descubren una casa en un árbol y al entrar,
viajan a la época de los dinosaurios.

La casa del árbol #2
El caballero del alba

Annie y Jack viajan a la época de los caballeros medievales y
exploran un castillo con un pasadizo secreto.

La casa del árbol #3
Una momia al amanecer

Annie y Jack viajan al antiguo Egipto y se pierden dentro de
una pirámide al tratar de ayudar al fantasma de una reina.

La casa del árbol #4
Piratas después del mediodía
Annie y Jack viajan al pasado y se encuentran con un grupo
de piratas muy hostiles que buscan un tesoro enterrado.

La casa del árbol #5
La noche de los ninjas
Jack y Annie viajan al antiguo Japón y se encuentran con un
maestro ninja que los ayudará a escapar de los temibles
samuráis.

La casa del árbol #6
Una tarde en el Amazonas
Annie y Jack viajan al bosque tropical de la cuenca del río
Amazonas y allí deben enfrentarse a las hormigas soldado y a
los murciélagos vampiro.

La casa del árbol #7
Un tigre dientes de sable en el ocaso
Jack y Annie viajan a la Era Glacial y se encuentran con los hombres de las cavernas y con un temible tigre de afilados dientes.

La casa del árbol #8
Medianoche en la Luna
Annie y Jack viajan a la Luna y se encuentran con un extraño ser espacial que los ayuda a salvar a Morgana de un hechizo.

La casa del árbol #9
Delfines al amanecer
Annie y Jack llegan a un arrecife de coral donde encuentran un pequeño submarino que los llevará a las profundidades del océano: el hogar de los tiburones y los delfines.

La casa del árbol #10
Atardecer en el pueblo fantasma
Annie y Jack viajan al salvaje Oeste, donde deben enfrentarse
con ladrones de caballos, se hacen amigos de un vaquero y
reciben la ayuda de un fantasma solitario.

La casa del árbol #11
Leones a la hora del almuerzo
Annie y Jack viajan a las planicies africanas. Allí ayudan a los
animales a cruzar un río torrencial y van de "picnic" con un
guerrero masai.

La casa del árbol #12
Osos polares después de la medianoche
Annie y Jack viajan al Ártico, donde reciben ayuda de un
cazador de focas, juegan con osos polares recién nacidos y
quedan atrapados sobre una delgada capa de hielo.

La casa del árbol #13
Vacaciones al pie de un volcán
Jack y Annie llegan a la ciudad de Pompeya, en la época de
los romanos, el mismo día en que el volcán Vesubio entra en
erupción.

La casa del árbol #14
El día del Rey Dragón
Annie y Jack viajan a la antigua China, donde se enfrentan a
un emperador que quema libros.

La casa del árbol #15
Barcos vikingos al amanecer
Annie y Jack visitan un monasterio de la Irlanda medieval el
día en que los monjes sufren un ataque vikingo.

La casa del árbol #16
La hora de los Juegos Olímpicos
Annie y Jack son transportados en el tiempo a la época de los antiguos griegos y de las primeras Olimpiadas.

La casa del árbol #17
Esta noche en el Titanic
Annie y Jack viajan a la cubierta del Titanic y allí ayudan a dos niños a salvarse del naufragio.

La casa del árbol #18
Búfalos antes del desayuno
Annie y Jack viajan a las Grandes Llanuras, donde conocen a un niño de la tribu lakota y juntos tratan de detener una estampida de búfalos.

La casa del árbol #19
Tigres al anochecer

Annie y Jack viajan a un bosque de la India, donde se encuentran cara a cara con un tigre ¡muy hambriento!

La casa del árbol #20
Perros salvajes a la hora de la cena

Annie y Jack viajan a Australia donde se enfrentan con un gran incendio. Juntos ayudan a varios animales a escapar de las peligrosas llamas.

La casa del árbol #21
Guerra Civil en domingo

Annie y Jack viajan a la época de la Guerra Civil norteamericana, donde ayudan a socorrer a los soldados heridos en combate.

La casa del árbol #22
Guerra Revolucionaria en miércoles
Annie y Jack viajan a los tiempos de la colonia y acompañan a George Washington mientras éste se prepara para atacar al enemigo por sorpresa.

La casa del árbol #23
Tornado en martes
Annie y Jack viajan a la década de 1870 y conocen a una maestra y sus alumnos con quienes viven una experiencia aterradora.

La casa del árbol #24
Terremoto al amanecer
Annie y Jack llegan a California, en 1906, en el momento justo del famoso terremoto de San Francisco que dejó la ciudad en ruinas.